RIMES

FLEURIES

LOUIS BOULÉ

RIMES FLEURIES

AUCH

J. CAPIN, IMPRIMEUR

—

M DCCC LXXXIV

LE DÉPART

A L. Boulé

Chante ! puisque la Poésie
T'a touché de sa lèvre en fleur;
Au vol prends la rime choisie,
Poète, ainsi qu'un oiseleur.

Recueille le sang de ton âme
En de beaux vases niellés ;
Que ton vers monte plein de flamme,
Vers les firmaments constellés !

Ainsi, que ta chanson soit rose
Comme les clairs matins d'avril :
Que son petit pied nu se pose
Sur les lys au parfum subtil !

Suis ta chimère par l'espace,
A travers les plaines d'azur ;
Et que l'éther garde la trace
De ton essor puissant et sûr !

Et sois sans crainte ; il est encore
Dans notre banal univers,
Pour entendre ton chant sonore,
Des cœurs doux aux faiseurs de vers.

Et puis, l'Art est grand et ne touche
De son doigt que les fronts élus. —
Après, vienne la mort farouche !
Sans peur et sans cris superflus,

Nous la suivrons dans la grande ombre ;
Mais avant, nous aurons jeté
A la foule muette et sombre
Notre hymne éclos en liberté.

Et peut-être qu'un jour le livre
Que tu fis avec tant d'amour,
Sans savoir s'il devait survivre
A la mémoire plus d'un jour,

Peut-être l'œuvre caressée
A quelque dolent d'ici-bas
Portera ta douce pensée,
Et lui dira : « Ne pleure pas !

» Ne pleure pas, ami ! la terre
» Pour les humbles a des rigueurs ;
» Sois fier ; garde l'espoir austère.
» Le seul qui convienne aux vainqueurs. »

Alors, une larme bénie
De son triste cœur tombera,
Et comme une perle choisie,
Ton Livre la recueillera.

HENRY MÉRIOT.

A VICTOR HUGO

Quand le soleil, au front des Alpes se montrant,
Eclate entre les pics, ainsi qu'un phare immense,
Le vieil Aigle à ses fils qui gardent le silence,
Jette, à travers le ciel, un appel déchirant.

Seul, ivre d'infini, d'un coup d'aile il s'élance....
Plus haut que les sommets doux au chamois errant,
Plus haut que les glaciers qui crachent le torrent,
Dans son essor superbe et calme, il se balance.

O Père ! je voudrais secouer le sommeil,
Fendre l'azur lointain des zônes inconnues,
A tes flancs glorieux nager dans l'air vermeil !

Mais aucun ne te suit, Roi des cimes chenues,
Quand d'un cri triomphal frappant soudain les nues,
Tu planes à plein vol, en fixant le soleil !

BILLET D'INVITATION

Mes arbres sont chargés de fruits d'or. Je t'invite.
La campagne est charmante, et quel soleil! Viens vite,
Près de nous tu pourras prolonger ton séjour :
Pour chasser tes ennuis il suffira d'un jour.

Quand on aime l'odeur du thym et la rosée,
Dès l'aurore, on s'en va. La plaine reposée
Commence à s'éveiller aux alertes chansons
De tout un peuple ailé niché dans les buissons;
A travers bois, le vol brusque et léger des merles
Filant de feuille en feuille, en fait tomber des perles...

Oh ! trois heures, à deux, au milieu de ces chants,
Respirer les parfums si salubres des champs ;
Et, le cœur tout rempli de joie et de lumière,

Rentrer en embrassant ma femme, la fermière,
Qui, le déjeûner prêt, vient au devant de nous ;
Rire avec les enfants rieurs sur tes genoux ;
Attaquer le poulet qu'on hume avec délices,
Et le fromage frais, à point sur les éclisses,
Et les fruits les plus beaux pris à nos espaliers,
Et le petit vin vieux qui dort dans les celliers !

Viens : nous te recevrons à la bonne franquette.
Notre cœur saura bien deviner l'étiquette....
Comme la fleur des champs qui ne sait qu'embaumer
De son parfum exquis, il ne sait que t'aimer !

CHANSON D'AVENIR

A LOUIS LEMAIRE

Tu m'as ému ; je l'ai promis :
Puisque tu m'aimes, ô Paulette !
Nous serons plus que des amis,
　Quand j'aurai l'épaulette !

Le mariage, voilà tout,
On parlera de ta toilette,
De ta robe de bal surtout,
　Quand j'aurai l'épaulette.

Ton oncle aura beau nous guetter
Avec ses gros yeux de chouette,
Ses prônes nous feront chanter,
　Quand j'aurai l'épaulette.

Et le parfum de ta beauté,
Blonde aux doux yeux de violette,
M'enivrera de volupté,
    Quand j'aurai l'épaulette.

Mais hélas ! amant envieux,
Je pense qu'alors, ô Paulette !
Je serai peut-être un peu vieux,
    Quand j'aurai l'épaulette.

PRÈS DES FLOTS

Voilà que le Soleil dans sa pourpre s'endort.
Le ciel éblouissant n'est qu'un pavillon d'or.
L'Océan monstrueux, empli de rumeurs vagues,
Déroule sur son sein, dans l'écume des vagues,
Onyx étincelants et colliers de rubis.
Tel un monarque fier de ses riches habits.
Mais, devant ce rocher noir qui dresse sa crête,
Le superbe Océan s'humilie et s'arrête.

Ainsi le grand lion, dans sa cage enfermé,
Etouffe son courroux par le fouet réprimé,
Dans les flots ondoyants de sa fauve crinière,
Courbe son front mordu par là rude lanière.
Le stoïque dompteur est là le regardant,
Et le lion vaincu le caresse en grondant.

A SULLY PRUDHOMME

Je sais dans un beau parc une très vieille allée
Qui s'allonge et se tord en nonchalant détour ;
Gracieuse, elle monte et descend tour à tour
Du flanc de la colline au fond de la vallée.

Ses chênes font un dôme ; et sa paix n'est troublée
Que par les grands cerfs blonds qui hantent ce séjour,
Et les amoureux sûrs d'y trouver, en plein jour,
La chère obscurité d'une nuit étoilée !

Que de fois, dans cette ombre, ô Poète chéri!
J'ai redit, étendu sur le velours fleuri
Des mousses, tes beaux vers pleins d'une pure flamme !

Emu, pour savourer je m'arrêtais souvent ;
Et ma lèvre marquait les pages, en rêvant,
Comme on baise un bouquet de fleurs douces à l'âme !

LA SIESTE A TAHITI

A F.-L. LASSERRE

Midi, c'est le repos, l'heure calme des siestes ;
On sent en soi glisser un charme assoupissant ;
Les gazons veloutés ont des parfums agrestes
Qui, chargés de langueur, s'infiltrent dans le sang.

Bouche en fleur, d'où tantôt sortaient les propos lestes,
Et pâle, entre les bras d'un bel adolescent,
La femme, ivresse au cœur, ferme ses yeux célestes ;
On n'entend murmurer qu'un soupir caressant.

Le jeune Européen exilé qui sut plaire,
Sur le sein odorant de la brune insulaire
Pose, en un doux baiser, son front aux cheveux d'or ;

Puis il écoute auprès le clair babil de l'onde
Sous les verts cocotiers, et sur sa tête blonde
Les deux bras recourbés en anses, il s'endort !

A L AUBE

Quelle bonne odeur de Printemps,
Exhale la jeune feuillée !
La lumière sourit dans les cieux éclatants,
Et la forêt s'est éveillée.

Très léger d'âge et de souci,
Un lapereau, par les rosées,
Trotte et froisse les fleurs et les mousses aussi
De ses gambades insensées.

Les chardonnerets au col noir
Glosent, en lorgnant sous les branches
Les lavandières qui se penchent pour les voir,
Entre des touffes de pervenches.

Et tandis qu'en ce val charmant
Fleurs et chants se hâtent d'éclore,
Jean Lapin, devenu grave, sur son séant,
Regarde se lever l'Aurore.

SUR UN ALBUM

Triste est le livre de la vie.
L'amour ne s'y lit qu'une fois
Et la seule page chérie,
Glisse bien vite sous nos doigts.

Le regret cuisant nous consume,
Mais elle ne peut revenir ;
Et le cœur avec amertume
N'en garde que le souvenir !

Nous poursuivons, l'âme enflammée ;
D'autres paraissent tour à tour...
Où donc es-tu, Page embaumée ?
Arrachée hélas ! sans retour !

DERNIÈRE RASADE

A FRANÇOIS PITTIÉ

Ami, c'est pour avoir goûté
De ta franche hospitalité,
Que je la veux chanter comme les vieux trouvères.
Vive le roi de ton cellier !
Un gourmand ne peut oublier
Ce vin blond pétillant si gaîment dans les verres.

De soucis j'avais le cœur plein,
Mais, n'as-tu pas, cher médecin,
Pour faire épanouir les visages sévères,
Outre la bonté de ton cœur,
Un remède toujours vainqueur...
Ce vin blond pétillant si gaîment dans les verres ?

Je m'en vais seul sur le chemin !
Ami, tends-moi ta vieille main.
Prends la mienne... ah ! je suis plus fort quand tu la serres !
Embrassons-nous, mon cher Pittié,
Et buvons à notre amitié
Ce vin blond pétillant si gaîment dans les verres !

CONTRE LES CORRUPTEURS

Voyez ces tas d'oisifs, avides de lecture,
Le long des noirs égoûts errer ;
Ces faiseurs de romans jeter leur pourriture,
A ces chiens, pour les attirer !

Dans les morceaux puant le vice et la luxure,
Qu'on est heureux de se vautrer !
Puis de traîner au bouge une immonde pâture,
Qu'à l'aise on pourra dévorer !

Ah ! maudit l'écrivain vil qui salit sa plume !
Qu'il crève, en sa fange étouffant !
Non, qu'il vive plutôt et vainement écume

De voir, feu sombre et triomphant,
Toutes les passions hideuses qu'il allume,
Manger le cœur de son enfant !

LA BICHE AUX ABOIS

Ah ! pourquoi suivre de ma trace
Tous les méandres par les bois !
Qu'ai-je donc fait à votre race,
Pour que cette meute vorace
Me harcèle de ses abois ?

Libre de soucis et de peines,
Dans le vert secret des halliers
Je buvais aux sources prochaines
Où se mirent les troncs des chênes,
Ainsi que d'énormes piliers !

Je tondais l'herbe parfumée,
Pour allaiter, chaque matin,
Notre douce famille aimée ;
Nos jeux sous la fraîche ramée
Faisaient sonner nos pieds d'airain !

Tout à l'heure, bête innocente,
Mon chevreuil blond que j'aime tant
Bramait d'une voix languissante,
Quand votre meute bondissante
Dévora son cœur palpitant !

O vous tous que le cor enivre
De sa fanfare, et qui venez
Dans les bois calmes nous poursuivre,
O beaux Chasseurs ! laissez-moi vivre :
Mes pauvres faons sont nouveau-nés !

LE VIGNERON

Moi, je suis le fils de mon père.
Nous étions tous deux vignerons,
S'il vivait encor, quelle paire
De francs buveurs, de gais lurons !

Le gros richard boit le champagne...
Est-ce pour ça qu'il est bourru ?
Moi, Berrichon de la campagne,
Je n'aime que le vin du cru !

Aussi, que l'an se renouvelle,
Ou bien finisse, mon garçon,
La gaîté loge en ma cervelle
Et bavarde dans ma chanson !

Parfois Rose, émerillonnée,
Me dit en tournant son fuseau :
« Quelle odeur de cruche envinée ! ».
Mais j'approche encor mon museau !

« L'adorable petite moue !
Que tu sais bien moraliser ! »
Elle sourit et tend sa joue
Toute vermeille à mon baiser !

Oui, j'aime tes vieilles collines,
Tes vins, ô Sancerre, ô Sury,
Cher pays des filles câlines,
Et des beaux gars au teint fleuri !

RUINES

A ANDRÉ LEMOYNE

De ce vieux moutier noir les arcades gothiques
Découpent sur les prés des ombres fantastiques ;
Et le ruisseau rêveur les reflète en tremblant.
La lune brille... On voit comme un fantôme blanc
Glisser le long des murs du côté de Maylierre,
Et grimpant, frissonneux, dans les touffes de lierre,
Apparaître soudain au sommet de la tour.
En houlant, il s'éloigne et revient tour à tour ;
Puis son corps vague ondule au souffle ailé de brises.

Les bords de son linceul couvrent les dalles grises ;
Il lève son regard vers l'infini des cieux ;
Il grandit, il grandit, pâle, silencieux,
Et son front indécis va toucher les étoiles...
Les rayons de la lune ont percé ses longs voiles.

3

Les sinistres hiboux aux créneaux du beffroi
Par leurs funèbres cris glacent mon cœur d'effroi ;
Et, pendant que la lune illumine en silence
Les ruines, que le vent de minuit haut s'élance,
Le fantôme voilé, mélancoliquement,
Se suspend à son aile et monte au firmament.

SOUVENIR

Quand sur ta lèvre rose un fin souris se joue,
Et que tes grands yeux bruns se ferment à demi ;
Quand la brise du soir se glisse sur ta joue
Et baise ton front pur comme un lys endormi ;

Quand le soleil levant vient frapper ta paupière,
Que l'appel des oiseaux t'éveille, ô ma Beauté !
Pense à moi, pense à moi, murmure une prière...
Un ange est, près de Dieu, digne d'être écouté !

CHEVRIÈRES

L'aurore entre les ormeaux
Monte avec un clair sourire ;
Et, sous les jeunes rameaux,
On entend les nids bruire.

Des vieux villages voisins,
Comme on voit des tourterelles,
Défilent les frais essaims
Des charmantes pastourelles.

Dans l'azur de leurs grands yeux
Quel divin firmament brille !
Et sur leurs lèvres, joyeux,
Comme le rire pétille !

Pas encore de chapeaux.
Les cheveux sur les épaules,
Elles mènent leurs troupeaux
Par le vert chemin des saules.

La belle vache au poil roux,
Près des chevreaux qui bondissent,
Jette un regard long et doux
Sur les prés qui reverdissent.

En passant devant le toit
De Liz (le soleil le dore)
Toutes en chœur : « Hâte-toi !
Il fait jour, tu dors encore ? »

Les yeux à peine entr'ouverts,
Liz, pourpre comme une pêche,
Entr'ouvre ses volets verts,
Et répond : « Je me dépêche ! »

Au bout de quelques instants,
Elle a rejoint ses compagnes;
On s'enivre de printemps,
Et l'on court par les campagnes.

Et sous leur pauvre sayon,
Les filles de la chaumière
Ont au visage un rayon
De candeur et de lumière.

Ah ! restez toujours aux champs,
Loin de nos passions viles :
Vos cœurs sont des lys touchants
Qui mourraient dans l'air des villes !

LA NEF VAILLANTE

A AUGUSTE DORCHAIN

Oui, je veux labourer le dos des Océans,
Sous le grand ciel, malgré les vagues déchaînées ;
Je prendrai le chemin suivi par mes aînées,
Vers les îles que seuls ont atteint les géants.

En mer ! En mer ! En mer ! et déroulons nos toiles ;
Hardis marins, plongeons dans les horizons bleus ;
Afin de découvrir l'archipel fabuleux,
Tournons autour du monde, ainsi que les Etoiles !

Chantez, ô mes Amis ! je reviendrai vainqueur !
Le voyage est lointain, c'est pourquoi je le tente ;
L'espérance a gonflé mon âme palpitante,
Et le vin de l'audace a couru dans mon cœur !

Oh ! je reconnaîtrai les monts, les bois, les grèves !
Car jadis, en ses bras embaumés me berçant,
La Muse caressait mon front adolescent
Et m'y portait, la nuit, sur l'aile d'or des rêves !

J'atteindrai, j'atteindrai le pays convoité !
Sa pointe a mille écueils ; la mer hurle et bouillonne...
Affreux, à mes côtés, le trépas tourbillonne :
Mais la mort est le seuil de l'immortalité !

L'ESPÉRANCE

LE POÈTE

Rien ne peut guérir ma souffrance :
J'ai perdu celle que j'aimais !
Elle vit, me dit l'Espérance ;
L'homme ne meurt point à jamais !

Pourtant mon cœur saigne et je pleure !
Du repos que nul n'a troublé,
J'appelle de tous mes vœux l'heure,
Comme un voyageur accablé.

Je voudrais clore mes paupières,
Sans amertume, sans remords,
Goûter sous les funèbres pierres
Le sommeil lugubre des morts !

Et le désespoir prend mon âme ;
Je suis rassasié de jours...
Ah ! fais-moi place, ô femme ! ô femme !
Place ! embrassons-nous pour toujours !

Ouvre-toi donc, terre obstinée ! —
Cris insensés ! Cris superflus !
Tu l'as dans tes flancs enfermée ;
Et les morts ne répondent plus !

L'ESPÉRANCE

Celle que tu pleures m'envoie
Auprès de toi pour t'apaiser ;
Ton amour peut fleurir en joie ;
Ami, ne le va pas briser !

Car de la mort renaît la vie,
Et de la nuit le jour plus beau...
Ta bien-aimée, au ciel ravie,
Ne reste plus dans le tombeau !

LA LETTRE DU TIENNE

Ce trois mai......

        Je t'écris, ma chère Madelon,
Pour te dire qu'enfin j'ai gagné mon galon.
Qu'il était mal à l'aise, hier, ton pauvre Tienne!
Il lui fallut dîner avec son capitaine.
Mais parlons du pays. Je t'embrasse d'abord.
Je me revois souvent avec toi sur le bord
Charmant de la Vauviz aux ondes si limpides
Qui poussent du moulin les ailes si rapides.
Il me fut très cruel de m'éloigner de toi,
Et de mon pauvre chien et de mon pauvre toit!
Et la mère Gribiche en sa vieille chaumine
Dont le mur est couvert d'un lierre qui le mine,
Te dit-elle toujours : « Comment va le conscrit ?

N'est-il pas malheureux là-bas ? A-t-il écrit ? »
Et va-t-elle pour moi prier la bonne Vierge ?
Elle m'avait promis de lui brûler un cierge.

Ah ! je la vois encore, à l'ombre de l'ormeau,
Causer en tricotant des choses du hameau,
Se moquer des travers de sa grosse voisine,
Qui se bat, deux jours l'un, avec sa sœur Ursine.
Le bonheur d'autrefois, l'amour, tout mon passé
Est au fond de mon cœur vivement retracé :
Je sens encor ta main qui dans la mienne tremble ;
Je vois le doux tapis de mousse, au pied du tremble,
Où, les yeux enivrés, rougissante d'émoi,
Le cœur trop plein d'amour, tu te donnas à moi !
Je suis le tien depuis, ma douce fiancée !
Je t'aime de tout cœur, toi seule as ma pensée ;
Je t'aime autant qu'au jour de nos premiers aveux.
Fidèle, j'ai gardé ta boucle de cheveux,
Cher souvenir qui fait que jamais je n'oublie,
Et que souvent je baise avec mélancolie !

Demande, chaque soir, à Sainte-Anne-d'Auray
De bientôt nous unir par monsieur le curé.
Comme nous danserons le long des bois en pente,
Là-bas, au fond du val où la Vauviz serpente !
Avec tes mille écus et les deux champs que j'ai,
Nous vivrons très heureux, quand j'aurai mon congé.

Fort bien achalandé, mon vieux moulin prospère,
Et j'ai presque doublé le magot de mon père.
Puis, le travail étant notre premier devoir,
Nous ferons augmenter notre petit avoir ;
Et, Dieu nous bénissant, nous serons bientôt riches.
Quand le pauvre aura faim, nous ne serons pas chiches :
L'hiver, il connaîtra la porte du logis,
Vers l'âtre illuminé tendra ses doigts rougis,
Aimera dans son cœur la maison charitable ;
Et, quand la soupe aux choux fumera sur la table,
Nos beaux petits enfants viendront, pour l'inviter,
En lui prenant la main, lui donner un baiser.
Songe à ça, Madelon.
                    Déjà ma feuille est pleine,
Et le couvre-feu sonne... Adieu donc, Madeleine !
Surtout, ne pleure pas si je suis négligent.
Je baise tes beaux yeux.

                              TIENNE RITOU, *sergent.*

INVITATION BACHIQUE

Vivent les Vignerons, ma Belle ! c'est l'automne.
Salut, salut, Amis aux fêtes conviés !
Ecrasons, en chantant, les grappes dans la tonne ;
Et le sang des raisins jaillira sous nos pieds !

Du vin ! Du vin nouveau ! Faisons quelque folie !
Adorable est ton front, de pampres couronné !
L'amour fleurit au cœur et la raison s'oublie ;
Buvons : c'est dans le vin que le bonheur est né !

Et nous irons tous deux, à l'ombre, sous la treille,
Pleins d'ivresse et les yeux baignés de volupté ;
Et je te glisserai des propos à l'oreille,
Qui feront éclater de rire ta gaité !

Oh ! je suis jeune, et veux encore sur ta lèvre
Que parfume le vin, prendre un baiser brûlant ;
Je veux que la mort seule, ô ma Belle ! m'en sèvre...
Prends la coupe : je veux mourir en m'enivrant !

LA RÉPONSE DE MADELON

A MA CHÈRE COUSINE MARIE D

Le huit mai, quatre-vingt-deux.

Mon bon ami Tienne,
Je t'écris cette lettre, en réponse à la tienne
Que j'ai là, dans mon sein, et que je lis souvent :
— Et j'y baise ton nom encore, en t'écrivant —
Je suis heureuse et sais, dès longtemps, que tu m'aimes ;
Tes doux rêves d'amour et les miens sont les mêmes.

Vienne la Saint-Martin, et nous serons unis,
Comme les oisillons dont j'aperçois les nids,
Entre les liserons en fleurs de ma fenêtre,
Et qui, chaque matin, semblent me reconnaitre,
En ouvrant leurs gosiers tout remplis de chansons,
Quand ma robe qui passe effleure les buissons.

Dieu le bénit toujours, l'homme n'a qu'à bien faire.

Voici parmi tes vœux les deux que je préfère :
Voir le ciel accueillir nos souhaits triomphants,
En peuplant le moulin de nos petits enfants,
Et, tout l'an, avoir pour le pauvre qui trébuche
De la foi dans le cœur et du pain dans la huche.
Tout ce que tu m'écris, mon cher Tienne, est fort beau ;
Ce sont des sentiments rares, même au hameau.

Si tu pouvais venir au village, dimanche,
Montrer ton beau galon de sergent sur ta manche,
Tous les deux, nous irions au bal d'O-Kézenel.
Pour toi, le vieux Recteur écrit au Colonel.
Viens : mes dents lisseront les poils de ta barbiche.

J'ai lu ta chère lettre à la mère Gribiche.
— Que ce plaisir, avant la mort, lui soit donné ! —
Elle veut sur les fonts tenir ton premier-né
Et file, pour cela, des langes de baptême.
A dimanche ; on t'attend.

                              MADELEINE qui t'aime.

Je mets, en la fermant, sur ma lettre un baiser :
Que ta lèvre devine où j'ai pu le poser !

                                        4

LA VENGEANCE

A PAUL DÉROULÈDE

A l'appel du clairon d'où vient que tu tressailles ?
Regarde autour de toi si tu n'as point rêvé.
— Non ; je vous reconnais, ô Fils de mes entrailles.
J'attends, depuis vingt ans, l'heure des représailles ;
Et, mon cœur me le dit, ce grand jour est levé !

— Ce grand jour est levé ; le sang des aïeux crie.
Ton peuple a tressailli, ton peuple répondra.
Il veut enfin guérir ta frontière meurtrie ;
L'ombre de tes grands morts l'enflamme, ô ma Patrie !
Ah ! s'il succombe encor, c'est Dieu qui l'abattra !

La haine de son cœur monte jusqu'à sa bouche ;
Et dans un brusque éclair revoyant le passé,
D'une lèvre crispée il baise sa cartouche ;
Il se lève, il bondit dans un élan farouche.
Son passage... le sang ennemi l'a tracé !

Ah ! que tes fils sont beaux, les armes à l'épaule,
Dans leur force et non plus épars comme un troupeau !
Tes glorieux martyrs, ô Mère ! ô vieille Gaule !
Nous bénissent là-haut, enviant notre rôle,
Et, d'un œil attendri, suivent leur vieux drapeau !

VIRGINITÉ D'AMOUR

I

Tous vont se reposer, accablés de chaleur.
Viens dans la nuit des bois, viens, ma gentille Amie :
Tu te reposeras, sur la mousse endormie,
Et moi je garderai ton doux sommeil de fleur !

Je sais un filet d'eau qui jase entre deux roches ;
Ne veux-tu pas le voir et t'y désaltérer ?
A l'aise, en souriant, tu pourras t'y mirer :
Un bois impénétrable en défend les approches.

Il s'exhale dans l'air comme un soupir charmant ;
C'est lui, le ruisselet qu'aucun limon ne souille !
Sur les cailloux dorés l'entends-tu qui gazouille,
Mais, comme un amoureux, doucement, doucement ?

II

Sur son front virginal flottez, ombres des branches ;
Caressez, ô zéphyrs ! ce mouvant pavillon ! —
J'épierai son réveil, comme le papillon
Qui veut le premier voir éclore deux pervenches !

Et malgré le Satyre et le Sylvain moqueur,
Après un pur baiser sur sa joue embaumée,
Nous partirons tous deux chantant sous la ramée,
Le ciel dans le regard et l'amour dans le cœur !

SONNET

Sur les livres, la nuit, j'ai penché mon front blême,
Pour savoir où tu vas, ô pâle Humanité !
Aucun sage n'a pu dénouer le problème ;
Et, devant le génie impuissant, j'ai douté !

D'où me vient ce besoin que je sens en moi-même,
Cette faim de tendresse et de félicité ?
L'amour soutient mon cœur, hélas ! mais ce que j'aime,
Avec moi, dans la mort, sera vite emporté !

Pourtant j'espèrerai durant ma vie entière,
Les yeux levés là-haut, vers le grand ciel natal ;
Un rayon descendra d'amour et de lumière !

Du corps humain s'exhale une âcre odeur de mal,
Et mon âme, attendant quelque Dieu, noble et fière,
Fait, sous le fouet, rugir mes instincts d'animal !

LA LAITIÈRE

CHANSON

Court vêtue, hier, la laitière,
A la ville allant à grands pas,
Laissa tomber sa jarretière.
Elle ne s'en aperçut pas.
Pierre qui la suivait, sans doute,
Aperçut au bord de la route,
        En tressaillant,
        La jarretière,
        Non la laitière ;
Mais le gars, d'amour tout brûlant,
Songeait, baisant la jarretière,
        A la laitière !

Elle s'aperçoit, la laitière,
— Un méchant dirait se souvient —
Qu'elle a perdu sa jarretière.
Anxieuse, elle s'en revient,
Rencontre — par hasard sans doute —
Pierre assis au bord de la route.
 « As-tu d'honneur
 Ma jarretière ? »
 Fait la laitière...
Le garçon, ivre de bonheur,
Ne baise plus la jarretière,
 Mais la laitière.

SONNET

A UN POÈTE CHER

J'aimais les vers ronflants, je suis désabusé.
Ravaude qui voudra selon sa fantaisie,
Affublant d'oripeaux la vierge Poésie,
O Maître ! ce clinquant sera bien vite usé !

Je reviens à ta muse exquise, au teint rosé,
Dont la voix d'or s'égrène en douce causerie.
La biche ainsi revient à la source chérie
Et le marmot au sein où sa lèvre a puisé.

— Aux jours de mon enfance, hélas ! trop éphémère,
Espiègle, je voulais, sous le bleu ciel d'été,
Avec les papillons courir en liberté,

Et m'échapper bien loin de l'aile de ma mère.
Ma mère souriait en voyant qu'il perlait
A ma bouchette rose une goutte de lait !

MES BŒUFS

Ils marchent accouplés, mes Bœufs tachés de roux.
Les voilà, sous leurs pas foulant l'herbe mouillée.
Ils arrivent au champ, et de leurs grands yeux doux
Parcourent devant eux la pleine ensoleillée.

J'ai, dès l'aube, en chantant, courbé leur col puissant
Sous le vieux joug d'érable. Ils sont vraiment superbes !
Ils vont à la récolte opulente des gerbes...
Hé ! glaneuse à l'œil noir, vois-les donc en passant !

Comme ils sont forts tous deux! Comme leur pas est ferme!
Du reste, les voisins en sont bien convaincus,
Mon beau couple de bœufs vaut son millier d'écus ;
Ces bêtes, voyez-vous, sont l'honneur de ma ferme.

Et quand le dernier char, sur ses essieux criant,
S'en reviendra gorgé de gerbes magnifiques,
Mes grands bœufs courberont leurs têtes pacifiques
Sous les festons de fleurs que l'on jette en riant.

MA MAISON

A ACHILLE MILLIEN

Entre bois et jardin, ma maison se tapit.
Auprès, un filet d'eau, très espiègle, assoupit
Sous les buissons en voûte et tout piqués de mûres,
Ses jeux, ses tours, ses bonds, ses rires, ses murmures ;
Et si je fis jamais un vers pur et perlé,
Avec ce ruisselet jaseur il a coulé.

Au lever du soleil, je sors de ma chaumine;
Je rencontre en chemin filles à belle mine.
Je gravis le coteau : l'horizon s'agrandit.
Un vaste paysage au lointain resplendit.

A mes pieds, dans le val (l'odeur des foins l'embaume)
Fleuris de liserons, je vois des toits de chaume.
Là, des bergers, assis au pied d'un grand ormeau,
Font roucouler leur souffle en un doux chalumeau ;

Les bergères, en chœur, cheveux sur les épaules,
Dansent près de la source errante entre les saules.
Le gras coteau sourit d'allaiter à ses flancs
Les enfants nouveau-nés des longs troupeaux bêlants.

Plus haut, plus loin, on voit, entre deux cîmes vertes
De vignes, de hameaux et de bosquets couvertes,
Un vaste pan de mer, au gré du jour changeant;
Il reflète le ciel comme un miroir d'argent.
Superbe, en plein azur, les ailes toutes rondes,
Parfois un grand vaisseau passe en fendant les ondes.

CHASTE

A HENRY MÉRIOT

O Chasseurs ! dans les bois tout rouillés par l'automne
Ne rencontrez jamais la Fille de Latone !

Ses grands chiens haletaient. Elle posa le cor
Qu'à sa lèvre divine elle appuyait encor,
Lorsque la profondeur des bois impénétrables
Retentissait de cris, d'aboiements innombrables.
Rieuse, elle jeta son grand arc frémissant
Sur les mousses en fleurs ; et, cortège innocent,
Les Nymphes aux cils d'or ôtèrent sa ceinture.

Les feuilles frissonnaient d'aise dans la nature.
Discrets, sous les rameaux les nids ne chantaient pas ;
Des Nymphes rougissaient en se parlant tout bas.

Actéon, ignoré, retenait son haleine,
Se grisait de l'amour dont son âme était pleine,
Soupirait ; et, malgré l'aiguillon du désir,
Attendait, attendait l'ineffable plaisir
De voir, dans le ruisseau, descendre au pied du tremble,
En pliant son beau corps pur comme un lys qui tremble,
Diane au front altier, la reine des Chasseurs !

O trop fatal amour ! O démence ! O douceurs !

Son péplum éclatant aux plis de pourpre tombe ;
A ses pieds nus s'abat, ainsi qu'une colombe,
Sa robe...
                    Ivre de joie, Actéon pousse un cri.
Les grands chiens, sommeillant sur le gazon fleuri,
Bondissent... Aussitôt la déesse, indignée,
Prend son carquois, brandit une flèche empennée.
Ses chiens l'ont prévenue, et sur l'audacieux
Ils s'élancent... Le sang s'échappe... Les beaux yeux
Du chasseur sont encore éblouis de l'extase.
Comme une tendre fleur qui meurt au bord d'un vase
Exhale son parfum plus doux en expirant,
Actéon murmura : « Je meurs en t'adorant ! »
Puis les chiens acharnés et sourds le déchirèrent.

Ne pouvant le sauver, quelques Nymphes pleurèrent ;
Mais, lui perçant le cœur de son dard irrité,
La Déesse rugit :

> « Tu l'as bien mérité ! »

ÉCRIRE DE LA MUSIQUE

A LA MUSE

Mai nous invite, ô Muse aimée,
Et par les bois gazouille, allons !
Quelle fête ! Quels violons
Ailés vibrent sous la ramée !

Notre pauvre hutte enfumée
Ne craint plus les noirs aquilons;
Pique de fleurs tes cheveux blonds.
Que ton haleine est embaumée !

O Fille des cieux éclatants,
Un soir d'été, qui t'es posée
Près de moi, — quand j'avais quinze ans, —

Donne-moi ta plume rosée :
J'écrirai les airs du Printemps
Avec des gouttes de rosée !

5

A L'ABBÉ PAUL L***

C'est vrai, j'ai la rage d'écrire ;
C'est vrai, très mince est mon talent ;
C'est vrai, les sots pouffent de rire,
Mais le charme est si violent !

En avant ! Je ne puis te croire
Et m'obstine, parce que j'ai
Dans mon rêve entrevu la gloire,
Que rien ne m'a découragé.

Qu'on aime le Beau sur la terre,
Un sot jamais ne le comprit.
De plus, le sot peut-il se taire ?
Son silence aurait de l'esprit !

O cuistre ! garde ton suffrage ;
Pour moi, ton blâme a plus de prix ;
Et, loin de le croire un outrage,
Je serai fier de ton mépris !

Tu veux que mon courroux s'allume ;
Tu veux me faire enrager ? Non !
Je te tiens au bout de ma plume,
Mais n'écrirai jamais ton nom !

Si ton pédantisme désire
La gloire de l'abbé Cotin,
Crains, en la cherchant, pauvre sire,
D'y perdre ton peu de latin.

Et vive la Muse immortelle,
Eclatante comme le jour !
Je me prosterne devant elle
En pleurant des larmes d'amour !

Ta force n'est pas éphémère,
Tes sons en vain mélodieux,
O sublime verbe d'Homère !
O langage rythmé des dieux !

Je suis le désir qui me mène !
Le Luth sacré retentira
Aussi longtemps que l'âme humaine
Au nom du Beau tresaillera !

MARCHE DE GUERRE

A CHARLES GOUNOD.

Vivent les soldats de la France !
A la bataille ils vont joyeux;
Ils vont... quelle fière assurance !
Leurs fronts rayonnent d'espérance,
L'audace pétille en leurs yeux !

— Adieu, Mères, Sœurs, Fiancées;
Belles au col de cygne, adieu !...
Confions nos amours blessées,
Doux lys éclos dans nos pensées,
Avant de nous quitter, à Dieu !

— Oh ! ne détourne point ta face;
Pour eux, Seigneur, nous te prions !
Défends-les de la mort vorace,

Et que toujours leur forte race
Ait le courage des lions !

— L'enthousiasme en moi frissonne ;
Je sens l'audace en moi courir.
Au loin la mitraille résonne...
Ah ! je veux, si mon heure sonne,
Montrer comment il faut mourir !

— Malheur à ceux qui nous assaillent !
Nos cœurs, nos bras, ô Liberté !
Sont tiens et jamais ne défaillent...
Que d'orgueil nos pères tressaillent
Dans leur linceul ensanglanté !

Et nos yeux, avant de se clore,
Jetteront un dernier éclair,
Si le vieux drapeau tricolore
Sur des débris fumants encore,
Victorieux, plane dans l'air !

TABLE